Ye

1141.

LE
MAVSOLEE
FRANÇOIS,

Dressé à la memoire du grand

DVC BERNARD
DE VVEIMAR.

Par le Sieur de GRENAILLE.

A PARIS,

Chez IEAN PASLE', ruë Sainct Iacques, à la Pomme
d'Or, proche Sainct Seuerin.

M. DC. XXXIX.

ADVERTISSEMENT.

PVis que la Cour a pris le deüil, Paris ne peut pas eſtre dans la ioye, il ſe doit attriſter voyant ſon Prince affligé. Comme le Duc de Weimar y vint autresfois pour triompher en ſe faiſant ſeulement voir, dans ce miracle du monde, il faut qu'il y paroiſſe tout mort qu'il eſt, pour auoir vn digne Tombeau. Ie n'en monſtre que le dehors, le dedans c'eſt le cœur des bons François & de tous les Eſtrangers qui ſont affectionnez à la liberté Germanique. Ie ne mets pas beaucoup d'artifice à dreſſer le Mauſolée de cét Heros, pour ce que i'ay moins d'enuie d'eſcrire que de pleurer, & qu'auſſi les grandes douleurs ne ſe pouuant pas exprimer, ne peuuent pas ſe figurer par des pompes eſtudiées. Il faudroit auoir plus de repos & moins de regret que ie n'en ay pour faire à loiſir vn ouurage qui meritaſt d'eſtre immortel en repreſentant vne telle mort. Ie la déplore neantmoins en toutes les façons qui peuuent teſmoigner mes reſſentimens, & taſche d'eſpuiſer mes larmes en les faiſant couler par diuers canaux. Ie monſtre premierement combien la France regrette cét Allié, veu que les triomphes qu'elle a

A ij

4

faits luy femblent funeftes, eftant fuiuis du trefpas
d'vn fi grand Triomphateur. Apres ie fais pleurer l'A-
lemagne fur la mort d'vn de fes illuftres Enfans, qui
fembloit deuoir donner la vie à fa mere en luy ren-
dant la liberté. Et dautant que cefte feconde piece
appartient auffi bien aux Eftrangers qu'aux François,
ie la fais voir en vne langue connuë aux vns & aux
autres. En fuitte ie fais l'Eloge & l'Epitaphe d'vn
homme que tous les autres ne fçauroient dignement
loüer, & qui n'eftant plus dans le monde, femble eftre
encore la terreur de fes ennemis. Ie fçay bien que
ceux qui n'auront pas efgard à mon zele blâmeront
ma temerité, mais i'aduertis le Lecteur que ie ne
veux point tirer d'auantage de mes regrets, & que
ie ne pretens point cueillir vn Laurier imaginaire
parmy de veritables Cyprés.

LA FRANCE EN DEÜIL AV MILIEV

de ſes Triomphes, pour la mort du Duc
BERNARD DE WEIMAR.

STANCES.

QVE la ioye eſt proche du deüil?
Et le triomphe du cercueil?
Nous trouuons vn Cyprés où nous trouuons
        la Palme,
Le ſalut eſt ioint à la mort,
Le bon deſtin au mauuais ſort,
Et l'orage à ce coup ne prouient que du calme.

Nous ne ſongions qu'à nos Lauriers,
Et deſia nos braues guerriers
Pretendoient iuſtement faire d'autres conqueſtes,
Lors qu'au lieu d'aller aux combats,
Ils mettent tous les armes bas,
Et dans vn Chef frappé tous regrettent leurs teſtes.

Ces cris d'allegreſſe & d'honneur
Ne teſmoignoient noſtre bonheur;
Que pour nous diſpoſer à reſpandre des larmes,
Qui pour plaire à noſtre douleur,
Effacent la belle couleur,
Que le ſang ennemy faiſoit luire en nos armes.

B

Rien ne nous pouuoit eſtonner
Qu'vn coup du bras qui fait tonner,
Et meſme à nos Lauriers apprehender la foudre,
Mais enfin il nous faut ceder
A celuy qui peut commander
A tous les Demy-dieux de ſe changer en poudre.

WEIMAR qu'on n'a iamais vaincu,
Euſt ſans doute touſiours veſcu,
S'il n'euſt eſté ſujet qu'à la force des armes,
Et ſon courage auoit fait voir
Que la fortune eſt ſans pouuoir,
Lors qu'vn cœur genereux veut vſer de ſes charmes.

La guerre ne pouuoit iamais
Laiſſer mourir, que dans la paix,
Ce veritable Mars qui mouuoit les batailles,
Et luy donnoit des ennemis
Seulement pour les voir ſouſmis,
Et ſe rendre immortel parmy les funerailles.

Apres que GVSTAVE fut mort,
Dans vn victorieux effort,
WEIMAR dans ſon party conſerua la victoire,
Elle ne pouuoit doncques pas
Le laiſſer courir au treſpas,
Sans courir elle meſme au tombeau de ſa gloire.

La paix auſſi dans ſon repos,
Conſiderant que cét Heros,
Pouuoit bien gouuerner les terres de l'Empire,
Ne pouuoit pas laiſſer perir,
Celuy qui n'auoit pû mourir
En des occaſions qui ſemblent tout détruire.

Mais en fin le Ciel enuieux,
De voir icy l'vn de ſes Dieux,
Ne le veut pas laiſſer plus long temps ſur la terre,
Et pour l'eſleuer hautement,
Il le met dans le monument,
Et porte en ſon repos ce grand foudre de guerre.

Le Rhin couuert de ſes batteaux
Change en larmes toutes ſes eaux,
Et par tous les endroits qu'il laue de ſon onde,
Il fait ſçauoir que le deſtin,
Emporte le meilleur butin,
Que la mort ait iamais pû gagner dans le monde.

Briſac s'eſtime malheureux,
De l'auoir veu ſi genereux,
Pour ne iamais plus voir, ny ſes faicts, ny ſa face,
Et ſes formidables remparts,
Se remuant de toutes parts,
Pour l'aller ſecourir veulent quitter leur place.

Le mal mefme qui l'attaqua,
Se couurit quand il le choqua,
Sçachant qu'à defcouuert il eftoit inuincible,
Et fon courage eftoit trop fort,
Pour fe rendre mefme à la mort,
Qu'en contraignant fa faux à le rendre impaffible.

Il meurt prefque en moins de trois iours,
N'ayant que bien peu de fecours,
Et ne voulant chercher d'autre appuy qu'en foy-mefme,
Outre que defirant perir,
Il fonge moins à fe guerir,
Qu'à ne pas affliger des perfonnes qu'il aime.

Son armée au commencement
Se trouue en tel eftonnement,
Qu'ayant perdu fon chef elle perd fon courage,
Mais l'efprit de ce grand vainqueur,
Qui deuant n'animoit qu'vn cœur,
Anime tous fes gens auec plus dauantage.

La feule France refte en dueil,
Et quoy que loin de fon cercueil,
Elle femble pourtant accompagner fon ombre,
Elle croit perdre vn de fes bras,
Et pour plaindre vn fi grand trefpas,
Le Prince & les fujets ne font qu'vn mefme nombre.

ELOGE

ELOGE
DV
DVC BERNARD
DE VVEIMAR.

LA mort qui semble destruire les autres hom-
mes, semble faire viure les Conquerans ; leur
decés a tousiours autant d'éclat que leur vie,
& le monde ne reconnoist iamais mieux le
bonheur qu'il auoit de les posseder, qu'apres
qu'il les a perdus. On apperçoit mieux la grandeur de leur
merite quand on ne voit plus leur personne, leur presence
amoindrit leur renommée, en ce qu'on pense que les loüan-
ges qu'on leur donne pendant leur vie, sont plustost fon-
dées sur les interests de la complaisance, que sur ceux de la
vérité. Nostre siecle a sans doute produit de grands personna-
ges, mais il nous a fait aussi ressentir de grands malheurs,
& depuis la mort du feu Roy, les regrets ont tousiours fait
vne partie de nos triomphes. Il semble que la gloire qui ne
coûte que de la sueur aux autres, nous coûte tousiours du
sang, & que comme elle nous met dans la plus haute éleua-

C

tion, elle nous fait monter par les degrez les plus difficiles.
Auoüons neantmoins que la perte que nous auons faite de
l'inuincible Duc de Weimar eftant des plus confiderables,
doit eftre des plus fenfibles. Et comme elle eft irreparable
en elle mefme, nous pourrions dire que les defauantages
qui apparemment doiuent fuiure vne fi grande difgrace,
ne fçauroient eftre euitez, s'il n'eftoit mort allié d'vne Couronne, qui le fera fubfifter encore en pourfuiuant fes def-
feins, & fera viure fon courage quoy que fon corps foit en-
feuely. Outre que le Party dont il fembloit eftre le Chef,
fe fouftient encore mefme apres la cheute de fon appuy, &
croit que ce grand Duc n'eft pas moins puiffant pour eftre
éloigné des foibleffes, qui font des compagnes infepara-
bles de noftre vie. Il a donné à fes gens trop d'exemples de
valeur, pour leur permettre d'eftre lâches en fon abfence, &
ils doiuent toufiours moins confiderer fon fepulchre que
fes trophées.

Cét illuftre Heros eftant né dans l'Allemagne, n'auoit
iamais pû viure efclaue dans fon païs, & dans le deffein que
tous fembloient prendre de courir à la feruitude, il ne refpi-
roit que la liberté. Il fe détacha pour cét effet des interefts du
fang & de la fortune, pour fuiure ceux de la Iuftice, & aima
mieux mourir hors de fa maifon, que d'y viure fans honeur.
Son ambition auffi legitime que genereufe, le pouffoit à
rentrer par force dans les droits & dans les biens, que l'ini-
quité de Charles le Quint rauit autrefois à fes ayeuls, & fi
cét Vfurpateur luy fit perdre l'Electorat ; nôtre Conque-
rant eft mort ayant pris fur les fucceffeurs de fon ennemy la
meilleure clef de l'Empire. Il ne s'eft guere paffé de combats memorables dans tous les Cercles, où il n'ait gagné des

Couronnes, & si ceux de son Party ont perdu quelques batailles, c'est qu'il estoit occupé ailleurs, ou qu'il n'estoit pas
suiuy. Ceux qui auoient l'honneur de combattre sous sa
conduite, ne sçauoient discerner s'il estoit plus propre aux
sieges ou aux combats, mais ils confessoient qu'il se signa-
loit tousiours aux vns & aux autres, & que l'ennemy couuert de remparts n'estoit pas plus asseuré deuant luy, que
ceux qu'il rencontroit à la campagne. Le Roy de Suede qui
de nos iours a fait voir que les Aigles qui portoient autrefois la foudre, en sont aujourd'huy frappées ; Ce Prince,
dis je, qui se pouuoit appeller le Liberateur de tous les autres, traittoit ce braue Duc d'égal & de compagnon de fortune. En effet, à la bataille de Lutzen, apres que Gustaue
fut terrassé, il maintint toute l'armée en deuoir, & en cette
occurrence les Suedois ne trouuerent pas à dire absolument
leur grand Monarque, pource que Weimar les comman-
doit. Si donc on louë tant ce Prince pour auoir resté Mai-
stre du champ du combat, en y finissant son regne, on doit
attribuer la principale gloire de cét effet à sa principale cau-
se, & parler d'vn Duc quand on parle d'vn grand Roy. Ce fut
luy-mesme qui prit Ratisbonne auec autant d'adresse que
de bonheur & de vaillance, & qui pour aneantir ces molles
dietes qui s'y tenoient pour soûmettre tout le monde à vne
Maison, retira cette ville du domaine de l'Empire. Ce fut
luy encore qui apres la bataille de Nortlinguen r'allia vn
Party qui sembloit estre dissipé, & aprit aux vainqueurs
qu'ils receuroient bien-tost la loy des vaincus. Et certes c'est
vne espece de miracle, de voir que les Suedois ayant presque tout perdu, sont encore tout-puissans, & qu'ils tiennent
en eschec toute l'Allemagne, ayant eux-mesme receu de si

notables déchets. Mais ces prosperitez cessent de m'estonner, quand ie vois qu'elles se doiuent rapporter toutes à vn Prince, à qui la fortune & la victoire sembloient s'estre assujetties.

Ie pourrois nommer icy les lieux qu'il a signalez par ses triomphes, si ie ne croyois que ce seroit faire tort à ses victoires, que d'en parler en particulier, veu qu'il a vaincu generalement par tout. La haute & basse Saxe ont veu vn Prince dépoüillé de ses Estats, qui dépoüilloit iustement tous les autres Princes des leurs, & l'Electeur Moderne a bien reconnu qu'il faut ceder aux plus anciens, de gré ou de force. La Franconie, la Boheme, la Silesie, la Suabe & la Bauiere, n'ont quasi point de places qu'il n'ait, ou forcées, ou effrayées, & la prise d'vne seule ville sur le Rhin leur a bien fait reconnoistre qu'elles n'ont rien d'imprenable. Le Wittemberg luy a demandé sa protection en luy donnant la forteresse de Hohentwiel, & les Imperiaux qui depuis peu l'auoient bloquée s'en sont retirez au premier bruit de ses armes. Tout malade qu'il est, de son lict il fait leuer des sieges à l'ennemy. Depuis encore ayant fortifié son armée de la vaillance des François, & resolu de seruir le plus grand Monarque du monde; il a apris aux Lorrains qu'il faut s'assujettir à luy, & aux Francomtois, qu'en luy refusant l'obeïssance qu'ils luy doiuent, ils perdent leurs biens & leur liberté. Sauerne où il fut blessé, ne pouuant marquer assez dignement ses exploits & son courage, il les marqua dans son propre sang, & prit trois villes presque en vn mesme instant. l'apprehende de toucher à ce qu'il a fait dans l'Alsace, pource que si i'y regarde des effets de sa vaillance, i'y découure aussi son tombeau? Mais il faut acheuer de voir le

cours

cours de ses victoires où il a finy sa vie, & considerer que s'il est mort, il est encore immortel. Rhinfeld le voit reuenir victorieux apres auoir fait semblant d'estre vaincu, & prenant vne place qu'il assiegeoit, prendre quatre Generaux, qui luy auoient presque fait leuer le siege. Cette bataille estoit trop auantageuse pour ne pas coûter la mort de quelqu'vn de son Party; le Duc de Rohan luy fit en quelque façon regretter d'auoir combattu, pource qu'il fut blessé griefuement pour seconder sa victoire. Mais l'inimitable Weimar deuoit luy-mesme mourir apres auoir fait le dernier Chef-d'œuure de sa vaillance en la prise de Brisac, & il semble que ne pouuant presque rien faire, ny de plus grand, ny de plus hardy, il a terminé sa vie où il voyoit borner son courage. Nous auons peine à croire vne chose toute asseurée, quand on nous dit qu'vne place que les Suedois n'auoient osé attaquer dans le fort de leurs plus grandes prosperitez, est emportée dans le declin de leurs auantages. Mais il ne se faut pas estonner qu'il n'y ait rien d'impossible à celuy qui veut faire tout ce qu'il peut, & qui est aidé d'vn Roy dont les sujets rendent faciles par leur courage, les entreprises qui semblent le plus auoir de difficulté. LOVIS LE IVSTE attaquoit plustost Brisac que Weimar, & nos Lys qui sont descendus du Ciel, firent tomber les Aigles qui ne montent iamais au dessus de l'air.

Au reste, il n'y a point de Generaux de reputation qu'il n'ait tous vaincus, sinon ceux qui n'ont osé se presenter deuant luy, encore peut-on dire de ceux là, qu'en cedant ils ont esté terrassez. Le Duc Charles, Fridland, Papenheim, Galas, Coloredo, Hazfeld, Maracini, Gœuts, Sauelly, Iean de Werth, Enkenfort, Sperrheuter & plusieurs autres ont eu

D

l'honneur d'eſtre battus de ſa main, & doiuent auoüer ne-
ceſſairement que ce qu'ils ſçauent pour la pluſpart en fait de
guerre, vient des obſeruations qu'ils ont faites ſur la vie de
ce Vainqueur. Ils tiennent à faueur d'auoir eſté mal trait-
tez d'vne main ſi inſtruiſante. Tous les ſoldats tombent
d'accord, que ſi le Duc de Weimar eſtoit le plus iudicieux
General du monde, il eſtoit le plus hardy Capitaine, & qu'il
ſçauoit encore mieux faire que commander. Il n'enuoyoit
point de Lieutenans où il pouuoit aller en perſonne, & il ne
leur laiſſoit tenir ſa place, que quand il n'y auoit rien à exe-
cuter. Lors il eſtoit bien aiſe de les voir delaſſer pendant
qu'il ſongeoit à quelque nouueau trauail, & prenoit le
moins de repos qu'il pouuoit, afin de prendre plus de peine
que tous les autres. Mais au lieu d'vn Eloge, ie ſemblerois
faire vn Liure ſi ie voulois m'eſtendre auſſi loin que le ſujet
me le permettroit. Puis qu'il eſt infiny, ſa figure ne ſçauroit
auoir de bornes. Renfermons pourtant ſa gloire en deux
petits chefs, non pas pour la comprendre, mais ſeulement
pour la remarquer ſuiuant nôtre capacité. Ie trouue donc
que ce Prince s'eſt acquis vne tres-haute reputation, pour
auoir témoigné autant de conſtance en ſes premieres reſo-
lutions, que de generoſité aux dernieres executions qu'on
en a veuës. Parmy les diuerſes faces de la fortune, qui n'eſt
pas touſiours fauorable à vn Party, il n'a iamais changé de
viſage, & n'a non plus cedé à la fineſſe qu'à la force des ennemis. Les Princes d'Allemagne ont eu autant d'affections
qu'ils ont veu former de Partis, & l'honneur leur a laiſſé lâ-
chemént adorer l'idole de l'intereſt. Mais le Duc de Weimar s'eſt roidy par leurs deſertions manifeſtes, & a mieux
aimé mourir dans le deſſein d'abattre le fameux Coloſſe

d'Auſtriche, que de ſe ſoûmettre à ſa grandeur imaginaire. Il n'a iamais voulu parlementer auecque ſes ennemis, pour leur oſter meſme toute eſperance d'vn Traitté, & n'a iamais fait ny paix, ny tréve, que par la mort. Encore peut-on dire qu'il vit dans vne armée triomphante, & ſon ame qui n'animoit qu'vn ſeul corps, ſemble animer maintenant tous ceux des ſoldats qui combattent ſous ſes Enſeignes. Nous pouuons adjoûter en faueur de cette grande égalité de courage qui reluiſoit en ce Heros, que s'il eſt obligé à la France pour en auoir eſté ſecouru en ſes plus hautes entrepriſes, elle luy eſt auſſi redeuable pour luy auoir veu genereuſement prodiguer ſa vie pour maintenir l'honneur de cette Couronne. Il ne ſe plaiſoit à triompher que pour le Roy, & les dernieres paroles de ſa vie ont eſté d'exprés commandemens de luy obeïr. Auſſi ſa Majeſté a bien reconnu ſon zele en prenant le deüil pour ſa mort comme pour celle des Souuerains, & s'attriſtant à ſon occaſion au milieu de ſes triomphes.

L'autre chef qui ſemble terminer glorieuſement ſa vie, c'eſt qu'il meurt hors du champ du combat, & neantmoins il meurt en ſe diſpoſant à combattre. Dieu n'a pas ce ſemble, voulu permettre qu'il mourut de la main d'vn ennemy, pource qu'eſtant ſans pareil, il ne combattoit iamais armes égales. Il n'a pas auſſi beaucoup languy dans ſa maladie, pource que ſon ame n'eſtoit attachée que fort legerement à ſon corps, & qu'il auoit aſſez paty pour meriter vne immortalité de renom. Sa vaillance eſtoit admirable, mais elle paroiſt ſur la fin prodigieuſe. Il eſt accablé de mal, & cependant il ordonne à ſes gens d'aller charger l'ennemy, & les accompagne de ſon courage, ſon corps ne luy permettant

pas de les preceder en cette occafion. En effect tous fes Co-
lonels eftoient dans leurs poftes lors que fon ame eftoit
prefte à partir du corps, & on peut iuger, par le bon ordre
que fon armée fembloit garder à fa mort, de celuy qu'il luy
donnoit pendant fa vie. On a loüé autresfois vn grand Capitaine pour auoir vaincu fi toft qu'il auoit veu les ennemis,
pour moy i'eftime plus ce grand Duc d'auoir toufiours
vaincu pendant fa vie, & de n'eftre mort que dans le deffein
de vaincre. Les autres s'arreftoient à prendre vne Couronne aprés auoir fait vn combat, Weimar n'interrompt fes
victoires que par la fin de fes iours, & ne prend iamais de repos que dans la fueur & l'agitation. Mais c'eft faire tort à
vn fi diuin perfonnage que de le loüer par des paroles hu-
maines, fes actions parlent plus que nos difcours, & les fie-
cles à venir l'admireront encore plus que le noftre. Ils auront de la peine à croire ce que nous auons eu le plaifir de
voir, & s'ils ne fçauoient que les Heros font des miracles
fans furpaffer les forces ordinaires de la nature, & que les
champs & les murailles des villes trouuent des langües pour
dépofer en leur faueur, ils croiront que ce Prince n'a vécu
que dans la fable, & que tous fes exploicts n'ont efté faits
qu'en figure. Mais toute l'Europe pourra feruir de tefmoin,
qu'il a plus excuté de chofes qu'on n'en pourra iamais dire,
& qu'il eft venü à bout de plufieurs hautes entreprifes que
d'autres ne fçauroient auoir conceuës.

www.ingramcontent.com/pod-product-compliance
Lightning Source LLC
Chambersburg PA
CBHW061429170626
46811CB00005B/2196